蟾蜍大军

[意] 罗贝托·帕瓦内罗 著 [意] 斯蒂法诺·图尔科尼 绘
胡虹 译

北京市版权局著作权登记号　图字：01-2016-6967

Text by Roberto Pavanello
Original cover and Illustrations by Stefano Turconi, colors by Christian Aliprandi
Graphics by: Gioia Giunchi

Original Title: L'esercito dei rospi

Translation by: Hu Hong

图书在版编目（CIP）数据

蟾蜍大军 /（意）罗贝托·帕瓦内罗著；（意）斯蒂法诺·图尔科尼绘；胡虹译 .
-- 北京：中国人口出版社，2017.1
（弗拉姆巴斯·格林）
ISBN 978-7-5101-4694-7

Ⅰ . ①蟾… Ⅱ . ①罗… ②斯… ③胡… Ⅲ . ①儿童故事—图画故事—意大利—现代
Ⅳ . ① I546.85

中国版本图书馆 CIP 数据核字（2016）第 233558 号

蟾蜍大军

（意）罗贝托·帕瓦内罗著，（意）斯蒂法诺·图尔科尼绘，胡虹译

出版发行　中国人口出版社
印　　刷　北京瑞禾彩色印刷有限公司
开　　本　810mm × 1280mm　1/32
印　　张　5.25
字　　数　50 千字
版　　次　2017 年 1 月第 1 版
印　　次　2017 年 1 月第 1 次印刷
书　　号　ISBN 978-7-5101-4694-7
定　　价　19.50 元

社　　长　张晓林
网　　址　www.rkcbs.net
电子信箱　rkcbs@126.com
总编室电话　（010）83519392
发行部电话　（010）83534662
传　　真　（010）83515922
地　　址　北京市西城区广安门南街 80 号中加大厦
邮政编码　100054

目录

1. 春日的躁动……1
2. 雷电交加……12
3. 遍地癞蛤蟆……20
4. 神奇的吻……29
5. 格隆卡……39
6. 呼吸一点新鲜空气……49
7. 看地图……63
8. 一次难忘的跳水……73
9. 地下通道……79
10. 漫天遍地……91
11. 斯格伦胡桃钳……101
12. 夜晚打嗝声……115
13. 为时已晚……125
14. 一万只蝌蚪……135

弗拉姆巴斯·格林和他的朋友们
弗拉姆巴斯·格林
有史以来，最真诚、最勇敢、最特别的守护精灵！
迪迪·卡佩尔维内莱
弗拉姆巴斯最好的朋友，最出色的治愈师之一，从未离开过琳法比安卡。
特罗戈罗
一个小野人精灵，用奇怪的声音和别人交流，他的手里永远握着一把弹弓。

果核和莴笋
一对最友善的精灵，是整个林法多罗的糊涂虫！
卡尔洛塔·巴伯
害羞保守，她极具摄影天赋。
提密斯·巴伯
巴伯家中最小的孩子，小莫扎特。
欧拉乔·普莱斯科特
爱发脾气的植物园守护人，他喜爱植物胜过喜爱自己的同类。

福尔西科精灵的级别划分

绿拇指仙： 精灵学徒，最开始只负责守护一棵树（辛普莱斯），随级别的上升，其守护的树木逐渐增多，一直到九棵树为止。正如所有的福尔西科精灵一样，他们一出生便有两根绿色的大拇指，这两根拇指里包裹着少量的绿树汁液。

绿手仙： 有经验的精灵，起初负责守护小森林，随着级别的上升，其守护的森林不断扩增，级别最高的负责守护百年丛林。在晋级仪式后，绿树汁液会在手掌里扩散开来，这样他们就可以用绿树汁液治愈各种各样的树木。

林区碧翠仙： 经验丰富的精灵，负责守护整个“绿林区”（统领着九百九十九个绿手仙）。他们的皮肤是浅绿色的，因为整个身体里都含有绿树汁液。

陆域碧翠仙： 极其出色的精灵，负责守护九十九个“次大陆域”中的一个（统领着九百九十九个林区碧翠仙）。他们的皮肤是绿色的。

元老碧翠仙： 聪明睿智的精灵，是从陆域碧翠仙中选拔出来的。元老碧翠仙一共有九人，他们组成了守护元老会。任期九年，帮助大碧翠仙做决策。他们的皮肤是深绿色的。

大碧翠仙： 拥有最高权力和地位的精灵，统领着所有的福尔西科精灵。任期九十九年，只可重任一次。大碧翠仙的年龄不能超过六百三十岁。他是唯一皮肤呈暗绿色的福尔西科精灵，因为他体内的绿树汁液的能量是无穷的。

长腿族的城市（即人类城市）
巨型黑路（即人类的高速公路）
只有机械兔（即人类汽车）从上面经过，
永远不要走那条路（除非情况紧急）！
严重危险
方形空地
水泥建筑物里的一大块空地，上面没有
草，也没有树。不要独自从那里穿过。
中级危险

耕地
长腿族（精灵们对人类的称呼）把这里叫作“乡野”。他们善待这些种子和植物，这些植物也慷慨地回报他们。
中级危险
机械兔（精灵对人类汽车的称呼）
吵闹而又臭烘烘的交通工具。它们好像闻了瓮布罗菲拉的真兔子一样（瓮布罗菲拉是精灵们配置的一种药水，兔子闻过后会立刻瘫倒在地上）！
高级危险

“我，弗拉姆巴斯·格林，

发誓将誓死捍卫我看管的树木，不滥用上天赐予我的绿树汁液。”（碧翠仙授予仪式上的宣誓词）

1.
春日的躁动

春天就要来了。

就算不翻看日历，我们也能从天空那淡淡的颜色，树枝上冒出的嫩芽……以及福尔西科精灵们躁动的情绪中，感受到春天的气息！

实际上，只要了解福尔西科精灵的人，都知道每年冬天快要结束的时候，会显露出一些特殊的征兆：皮肤上深绿色的斑点消失后引起的刺痒，很像雀斑（最多两个星期后便会被吸收）；在任何地方，一天当中的任何

时间都想睡觉；很容易走神，通常很难集中注意力（很像“不稳定呆傻症”）；难以控制地大笑或者大哭，情绪骤变、喜怒不定；脚痒得想跳舞，无论年纪大、年纪小都一样无法控制这种欲望（精灵们的迎春舞这一重要的传统正是由此形成的，无论男女，大家都是从小学起）。

显然，所有的精灵都被这种春日躁动综合征影响了，福尔西科的精灵们管这种现象叫“绿意复苏”。

例如，有一天早上，特罗戈罗正躺在梧桐树的树干上欢畅地打着鼾。他一醒过来，便会去寻找最适合他擦背解痒的树皮，然后边蹭边发出满意的咕噜声。

接着跑着从园子里消失了，追赶着他眼前的所有鸽子。

果核和莴笋则完全患上了呆傻症，他们实际上每天都在说胡话。

“喂，果核，你知道吗？你脸上的那些斑点让你看上去像只蝾螈。哈哈哈！”莴笋笑着说道。

“看到你，我也想起了蝾螈！”果核回答道，“不，是让我想到大傻瓜！哈哈哈！”

“你知道吗？你一跳舞，你的身体就会跟着你那个大屁股一起晃起来。”莴笋突然说道。

“那你的大肚子也会晃啊！你那个像巨大的布丁一般的肚子！哈哈哈！”果核反驳道。

莴笋突然收起了笑容，下嘴唇噘起，颤抖起来，然后抗议道：“我的肚子才不像大布丁呢！你这个丑陋的笨蛋！我可是位优雅漂亮的女士……”接着她大哭了起来。

看见莴笋哭，果核感到很不好意思，他试着用笑话来安慰她，说道：“你知道为什么袋鼠是跳着走路的吗？那是因为它怕踩到其他袋鼠的屎！”

听到这个笑话，莴笋又笑了起来，瞬间把不愉快的事都忘记了。

弗拉姆巴斯则突然在脑子里涌现出一个音乐灵感，于是他拿起扁桃琴（一种用巨型扁桃做的弦乐器，琴把手是用柳树枝做的，琴弦则是用麻绳做的），弹了一下午，创作出一支典型的精灵歌谣，还将其命名为“慢慢冒出的嫩芽”。

再来看下迪迪这边，她似乎没怎么受到这种春日综合征的影响。这或许归功于她在琳法比安卡接受的训练，她曾在那里学习过一段时间。

她和欧拉乔·普莱斯科特出去查看植物

了，他们已经离开几个小时了。欧拉乔·普莱斯科特是植物园的守护人，还是精灵们最信任的朋友。所有的树木一切正常。包括那棵巨型红杉，有四十米高，高耸在植物园内。

“你长得可真漂亮啊！”欧拉乔对着这棵巨型红杉说道，他通常都会和他的树说说话，“看来春天让你变得更加生机勃勃！”

迪迪把她的绿色小手放在粗糙起皱的树皮上，然后从指尖释放了一点绿树汁液。那棵红杉树跟着轻轻晃动了一下。

“绝对是一服灵丹妙药，对吧，我的朋友？”欧拉乔笑着说道，“要是有和这个类似的药，来拯救一下我这副老身子骨就好了！”

“嗯，可能会有吧……据我所知，琳法比安卡的埃斯特拉库斯教授研制出了一种

针对风湿病和其他老年病的软膏。”迪迪说道，“好像叫舒骨蜜……你想让我给你弄一些吗？”

弗拉姆巴斯一看到迪迪回来，便冲过去想要给她演奏一下自己的歌谣，可是最终还是改了主意，因为他很害羞（这是春日综合征的另一典型症状）。这时，太阳正要落山，天空先是变成了红色，接着又变成了橙黄色。

“你想骑会儿兔子吗？”弗拉姆巴斯向他的朋友问道，一边把扁桃琴藏在身后。

“好主意！依波利达最近因为吃了好多欧拉乔给的美味，变胖了许多……”

弗拉姆巴斯把两根手指伸进嘴里，吹出了两声刺耳又短促的哨声。迪迪则一边笑一边模仿着他。不一会儿，他们的两只兔子就肩

并肩地跑了过来。兔子们温驯地趴下来，让这两个精灵骑上去。

“我们来比一比，看谁先到喷泉那里。”

“这么近啊，至少也要到栅栏门那儿……如果你厉害就来追我啊！”迪迪闪电一般地冲了出去，她一边用脚跟踢着兔子的身体一侧，一边冲弗拉姆巴斯喊道。

“喂，这样不公平！”弗拉姆巴斯抗议道，“快追上她们，嘴尔外斯顿！我们可不能被两个女的给打败了！”

很多年前，弗拉姆巴斯的兔子曾赢过赛尔瓦力加的赛跑比赛，这是最有名的赛兔比赛。直到今天，他的兔子还保持着曾经的速度。弗拉姆巴斯几步便追上了迪迪和她的兔子。位于喷泉上方的海神雕像，俯视着

这两个并肩赛跑的精灵，他们在树林里呈之字形，向栅栏门方向奔去。如果迪迪没有拿出一个小瓶子放到噶尔外斯顿的鼻子下，那么毫无疑问赢的那个就是弗拉姆巴斯了。迪迪打开瓶盖，一股绿色的烟从瓶子里释放出来，而弗拉姆巴斯的兔子只闻了一下，便立刻停下脚步，瘫倒在草地上。弗拉姆巴斯也从兔子上摔了下来，摔出几米远，而此时依波利达已经到达了目的地。

“我赢了！我赢了！”迪迪在兔子背上蹦蹦跳跳地喊道。

弗拉姆巴斯愤怒地爬起来说道：“你作弊！我可亲眼看见了！那个瓶子里到底放的是什么东西？”

“嗯……没什么特别的。在琳法比安卡，我们管它叫瓮布罗菲拉。它可以让一切生命体变得一动不动！很厉害，对不对？”

“一点也不厉害！”弗拉姆巴斯愤慨地说道，“你看噶尔外斯顿都成什么样子了！”

“别担心，小弗拉姆！”她哄骗他说，“这个药力只持续十五分钟……”

夜晚笼罩了福尔西科。和往常一样，大家在睡觉前，都来到了欧拉乔的屋子，一个小小的办公室里，一边喝着迪迪准备的

热茶，一边听这位老长官讲睡前故事——这是睡前必不可少的一件事。那天晚上讲的是“虚荣的青蛙”这个故事，一只小青蛙，为了向一头奶牛吹嘘自己可以把身体鼓得很大，于是不停地鼓气，把自己吹得越来越大，直到……“嘭”的一声，它的身体爆炸了！

不出所料，莴笋听完这个故事后立刻难过得大哭起来，而果核则在那里捧腹大笑。

2. 雷电交加

那天晚上，天气骤变。

天一下子阴了起来，城市上空正酝酿着一场暴风雨，大雨倾盆，电闪雷鸣，温室的玻璃窗都跟着颤动起来。

福尔西科的精灵们早已对暴风雨见怪不怪了，比这还要恐怖的天气都见过。可是当精灵们在野外生活时，他们只需要到地下躲起来就可以，而现在，他们的家都被悬挂在位于温室中间的高高的树枝上，大家谁也合

不上眼，无法安心睡觉。

只有特罗戈罗无所畏惧地打着鼾，头在房子里，脚却伸到外面。

“老大，我正努力克服恐惧……”莴笋只从门里伸出一个鼻子，呜咽着说道。

“我们不能躲进噶尔外斯顿和依波利达的窝里吗？”果核提议道，“我感觉下面更安全些……”

“好的，老大，听你的……”莴笋哼唧道，一边拽紧盖在身上的红树叶，“我可不想被一道闪电给烤焦了！”

这个精灵说得对。每个生活在福尔西科的精灵，从小被教导的第一件事就是下雨天不要躲在树下！他们决定爬下来。如果能叫得醒特罗戈罗，他们想把他也一起带下来。可是

在平时，这都是件难事，更何况在他患上春日嗜睡症后，一定是难上加难而又危险的事了！因为害怕他被闪电击中，于是他们把身上所有的铁制品都摘了下去。

两只兔子正紧紧挨在一起取暖，突然听见有精灵正偷偷摸摸地钻进它们的洞里。兔子懒洋洋地睁开眼睛，丝毫没有抗议，总之洞里的人越多，它们就越觉得暖和。

雨下了一整夜。在天亮前两个小时，雷声才退去，雨水声渐渐减弱，直到最后雨停

了下来。天空还是灰蒙蒙的，光线吃力地从乌云后钻了出来。

第一个起来的是特罗戈罗，他被一束从温室玻璃照进来的光线，尤其是被外面传来的吱吱嘎嘎的响声给弄醒了。

他揉搓着眼睛，挠着后背，心里疑惑着，是谁把他棉衣上所有的别针和瓶盖都给摘掉了？幸好弹弓和子弹还在衣服兜里。

外面的噪声此起彼伏，一会儿大一会儿小，但就是没有停止。特罗戈罗往外看，可是玻璃上都是雾气，他什么也看不清。于是他跳上了一条狭窄的通道，踮着脚走在上面，这条通道的对面就是弗拉姆巴斯的家。特罗戈罗把头伸进窗户里，大声喊道：“呜嘎—布嘎，早上好！”当他发现碧翠仙和其

他所有人的房间里空无一人时，他感到很意外。大家都躲到哪里去了？他挠着胡子思考着。他沿着橡树树干滑了下去。他一时也不知道自己该做些什么：我要去找我的同伴们吗？还是去吃早饭？或者到外面看看那个声音是从哪里传来的？最后他决定去吃早饭，他从篮子里抓起一根香蕉。每天早上欧拉乔都会在树下为他放个篮子，篮子里放上香蕉。

在离他一米远的地方，一只深蓝色的蜂鸟正在嗡嗡地飞，特罗戈罗和这只鸟打了个招呼，然后便

向温室出口走去。特罗戈罗爬到门把手上，然后打开了门……接着他像个傻瓜一样愣在那里，一动不动！他简直不敢相信自己看到的一切。

“呜嘎布布嘎！”他困惑地嘟囔道，此时手里剩下的半根香蕉掉了下来，砸到他那双毛茸茸的脚上。

在他决定把门关上时，一切似乎都太晚了！

十五分钟后，巴伯家的电话响了起来，没有人过来接。

事实上，巴伯先生并不在家，因为是周六，他的孩子们都没有去上学，而是忙着玩，所以没有听见电话。

卡尔洛塔站在阳台上，手里拿着一个像

炮一样的长长的望远镜，观察着他们家的房屋表面，和异日城里的其他建筑，她在寻找少见的开满花草的阳台，正是因为这些阳台，暗淡的墙壁才显得充满生机。

她的弟弟则决定待在自己的房间里庆祝这一美好季节的到来，他把伊格尔·斯特拉文斯基的《迎春节》这首歌曲开到最大音量，然后配上自己的电子琴独奏。伊格尔·斯特拉文斯基是俄国著名的作曲家。

“提密斯！”姐姐听见电话铃后，向他喊道，“别再弹你那个破吉他了！我现在要接个电话！”

提密斯把头伸出门外，像往常那样脸上挂着迷茫的表情，身上挎把电吉他。“对不起，卡尔洛塔，我没有听见电话声！”提密斯

辩解道，“如果是爸爸，麻烦你告诉他我在做作业……”

姐姐不屑地瞥了他一眼，然后拿起听筒说道：“喂，你好，这里是巴伯家，建筑师现在不在……欧拉乔，是你吗？不，我们没有看电视，怎么了？什么？它们从哪儿来的？哦，天哪！精灵们都还好吗？等下我们，我们马上赶到！”

“发生什么事了，姐姐？”提密斯担心地问道，“出什么问题了吗？”

“等会儿再解释，”姐姐说道，“赶紧穿衣服！我们得马上赶到尼法阿公园去。”

“为什么啊？”

“因为我们刚刚受到侵袭！”

3. 遍地癞蛤蟆

通常，从巴伯家到公园，骑车最多需要十五分钟。可是那一天，路面上的所有车都好像疯了一样。不，是整个城市都陷入了疯狂之中！许多条马路禁止通行，所有开着车的人都被拥堵的交通困在原地。司机们纷纷按响了喇叭，交警则吹着哨子，人们都从公交车上下来，走路前行，此时“遭受侵袭”的消息已经在大家的口中传开了，而且越传越夸张……

“至少有一千呢！”

“您在开玩笑吗？至少有一万才对！”

“据说它们有这么大……”

“比这大多了，要大好多呢……”

“它们真的很坏吗？”

“当然了！欧拉乔告诉我它们是没有理由的入侵！”

“警察没有采取什么行动吗？”

“什么警察！这里需要的是军队！”

被堵在路上的愤怒的

出租车司机，以及惊恐万分的行人，都好像身处在那种讲述外星人袭击或者世纪大地震的电影里一样。

甚至连欧拉乔上校，在给他的老朋友拉尔夫·德·利洛打电话时，都显得有些担忧。拉尔夫·德·利洛是异日城的市长……

“我告诉你吧，它们无处不在！它们已经占领了温室！更别说温泉了。甚至在海神像上都发现了它们！”

五个福尔西科精灵围坐在桌旁，认真听着欧拉乔讲电话。

“你想让我告诉你它们是从哪里来的？”欧拉乔说道，“我怎么会知道？不，拉尔夫，别再冒出这些奇怪的想法了！不是我的植物把它们招引过来的……”

此时，果核和莴笋正怜悯地（确切地说是厌恶地）看着可怜的特罗戈罗，特罗戈罗则忙着弄掉身上的黏液。

“你知道吗？特罗戈罗，你有一点臭。”果核对着特罗戈罗说道，强忍着笑。

特罗戈罗则生气地发出咕噜声回应果核。

“不过，我更喜欢你原来的味道！”莴笋安慰着说道，“这个味道让人有点想吐！”

特罗戈罗又咆哮了起来，然后走开了。迪迪则冲着那两个精灵使了个眼色，示意他们不要再说了。弗拉姆巴斯则一边叹息一边摇头。

此时，欧拉乔对市长说道：“我现在得离开了。我去看一眼公园，一些朋友告诉我那里也被占领了！我们晚些时候再联系，不过我拜托你，拉尔夫，现在不要急着做任何决定！”

他放下电话，戴上平时的那顶帆布帽子，从他的储物室里走了出来，精灵们就藏在他的园艺服口袋里。噶尔外斯顿和依波利达也失去了它们的窝，这两只兔子也十分担忧地跟在欧拉乔的身后。公园已经关闭了，所以除了他们几个，公园里一个人也没有。

就在这时，卡尔洛塔和提密斯骑着自行车赶到了，欧拉乔把防护栅栏的钥匙给了他们，然后他们骑进了公园。

“不用怕，孩子们！”欧拉乔一看见他们就安慰道，“你们跟我来。”

他们从尼法阿公园的一边向对面的湖走去。看到眼前的景象时，他们全都惊呆了：水面上露出无数只圆滚滚的眼睛，和长着脓包的脊背，而泥泞的湖边也到处都是这种东西。前一夜的雨让湖水变得浑浊不堪。放眼望去，到处都是肥大的、皮肤褶皱的，呱呱叫着的……癞蛤蟆！

“从来没见过这样的情景……”卡尔洛塔说道，遗憾没有随身带着照相机。

“我的天哪！”欧拉乔·普莱斯科特

上校惊叹道，“这得有多少只啊？”

福尔西科精灵们也吃惊地愣在那里。

只有莴笋激动地拍着小手说道：“真壮观哪！数不清的蟾蜍！”

“蟾蜍？”果核说道，“你脑子里进绿树汁液了吗？这些是癞蛤蟆！”

“你这个无知的笨蛋！”莴笋说道，“它们的学名不是癞蛤蟆是蟾蜍！欧拉乔·普莱斯科特先生之前告诉我的。你好，朋友们，你们好吗？”

“呱呱呱！”这些两栖动物聒噪地叫了起来，好像在回应莴笋。

“你们听！”提密斯兴奋地叫道，“这些癞蛤蟆简直是天生的歌唱家！我真应该回去取我的录音机。”

“它们很可爱，是吧？”莴笋说道。

“可爱？”果核反驳道，“它们像猪一样臭！而且盯着你看时的样子我也不喜欢。它们的眼睛难看死了！”

“我们走吧，果核！它们看起来很凶，或许是因为它们的瞳孔是横向的。”迪迪·卡佩尔维内莱博士说道，“不过实际上，我们很清楚它们都是很友善的动物。”

“它们也许很友善，可是这里的这只差点把我的帽子给吃了！”果核反驳道。

就在这时，特罗戈罗赶了过来，他把黏在身上的癞蛤蟆黏液都弄掉了。有一只癞蛤蟆在闯进温室时，可能把特罗戈罗错当成某种长着毛的怪物，于是企图把他吞进肚子里！不过，现在，特罗戈罗，这个精灵大块

头，正用一根巨大的树枝武装自己，他边往前走，边摇晃着树枝，驱赶前面的癞蛤蟆。特罗戈罗嘴里喊着："嗖！呜嘎！嗖！"

"我想知道的是，"弗拉姆巴斯说道，"它们从哪里来，为什么会来到这儿……"

"我的朋友，这个问题问得好，"欧拉乔若有所思地回答道，"问得妙啊……"

这也是整个异日城此时此刻关心的问题。

4. 神奇的吻

不久后，整座城市便意识到，这些入侵者不仅仅是被公园里的人工水塘吸引过来的，也是被遍布整座城市的大大小小的水池吸引过来的。

电视上播放着十几只癞蛤蟆聚集在水坑里的画面，这些水坑是前一天晚上下雨形成的；还播放着被癞蛤蟆侵占的市中心喷泉、净水池以及市政游泳池的画面，人们看见这些癞蛤蟆后都害怕地逃走了！癞蛤蟆甚至跑

到了市民家中的浴缸里、坐便器里、厨房洗碗池里、鱼缸里，还有乌龟缸里。

有些居民说，这是环境污染导致的后果；还有些人说是世界末日来临的前兆，有些人闭门不出；而有些人则来到马路上，近距离观看这一壮观的景象。一些胆大的人甚至把癞蛤蟆捧在手里，一位长得有点丑的女士竟然亲了一只癞蛤蟆，希望它能变成一位王子然后娶她……不过，她的行为也给她上了一课，癞蛤蟆为了自我防御，从皮肤上的脓包中喷射出一种刺激性物质，转眼间，那位

女士的脸上便长满了红色的小疖子！

“亲吻一只癞蛤蟆！”果核听说这件事后，一脸厌恶地说道，“真恶心！我宁愿去亲莴笋！”

“我更想踩你一脚！”莴笋一边说一边企图用脚踩果核。

就这样，一上午过去了，到了下午，巴伯姐弟俩回家吃了个午饭，三点钟左右又返回了尼法阿公园。这次他们可是把所有需要的工具都拿上了。

“孩子，你拿着那个东西干吗？”欧拉乔看见提密斯从包里拿出一个方形物体，便问道。

“这是一支录音笔，”提密斯笑着回答道，“它可以收录和剪辑各种声音。你听……”

“呱呱呱！”提密斯一边摆弄着设备，一边用心地模仿着癞蛤蟆的叫声。

几只癞蛤蟆立即对这几声人工叫声做出回应，重复道：“呱呱呱……”

“多精彩啊！”提密斯立刻满心欣喜地说道，“我也许能让它们唱首歌！”

卡尔洛塔走开了，留下弟弟一个人在那儿做声音实验。她拿着照相机来到湖边。所有的福尔西科精灵都好奇地跟在她后面，只有特罗戈罗不在，他又不知道跑到哪里去了。

卡尔洛塔给水里的癞蛤蟆、草地上的癞蛤蟆，还有那些跳向水塘的癞蛤蟆照了十几张照片。为了照得更清楚些，她还打开了闪光灯。这个闪光灯好像一个红色交通灯一样！这些两栖动物睁大眼睛，原地不动。

有几只甚至还抬起了腿。

“快看！”莴笋惊呼道，“蟾蜍们好像美丽的雕像一般！”

“它们怎么了？”弗拉姆巴斯问道。

“我觉得是闪光灯的问题……”卡尔洛塔推测，一边看着照相机，“一定是我吓到它们了。”

“姐姐，快看！”提密斯在湖的另一边喊道，“它们现在不唱了！它们做得很好……来吧，孩子们！哆，咪，嗦，哆！”

幸好，这些癞蛤蟆几秒钟后又动了起来，开始慵懒地在水边休憩。

“这一切都说不通……”弗拉姆巴斯重复着说道，“它们为什么偏偏会跑到城市里来？”

“如果我们直接问它们呢？”卡尔洛塔

提议道，“你们能和动物交流，对吧？”

“当然了！”果核说道。“莴笋，你会说癞蛤蟆语，对吧？”

“我只会几句雨蛙语。”莴笋说道，“‘早上好’‘晚上好’‘这些蚯蚓多美味啊’就这几句。我不是一个通晓多种‘预言’的人！”

“是通晓多种语言的人，笨蛋！”

“总之无论如何，我们必须为这些可怜的动物做些什么……”弗拉姆巴斯沉思了片刻说道。

“说得好，我的朋友，可是能做些什么呢？”欧拉乔挠了挠头说道。

就在这时，他们看见特罗戈罗正向他们跑来，后面跟着一只巨型癞蛤蟆。这只癞蛤

蟆看起来一点也不可爱，一副不怀好意的样子。

“呜嘎！布嘎！嗖！嗖，野兽！”特罗戈罗喊道，时不时转身看一眼那只癞蛤蟆。当他发现前方的梧桐树时，已经来不及了，他整个人都撞了上去，然后被狠狠地弹了回来，脸上还露出傻傻的笑容。那只癞蛤蟆惊人地一跃，来到了特罗戈罗身边，然后伸出长长的舌头，开始爱抚般地舔起他的脸来。

“多么恶心的场面哪！”果核评论道，“被一只癞蛤蟆舔了！”

“快看，那是一只母癞蛤蟆！”莴笋纠正他说道，“你没发现，它体型更大吗？公癞蛤蟆要比母癞蛤蟆长得小一些！”

“太好玩了！”果核说道，“我们还没听过母癞蛤蟆亲吻别人，然后把他变成丈夫这样的故事呢，童话现在完整了！”

“哦，太浪漫了！”莴笋说完便哭了起来。

5. 格隆卡

对于整个异日城来说，这是一个不眠之夜。

警察局和消防局不断地接到市民的电话：“警官，你听见了吗？这些癞蛤蟆已经跳了三个小时了！呱呱呱……我受不了了！你们赶紧采取点行动吧！”

“只要巡逻队腾出时间，我就立刻让他们过去，女士……”

“不！我希望你们现在就过来！你听明白了吗？立刻过来！”

“我们尽快，您冷静一下……”

此时尼法阿公园的形势也在恶化。由于之前的那群癞蛤蟆不停地叫着，外面的许多癞蛤蟆被吸引了过来。

这些癞蛤蟆结成队伍，占据了整个湖，湖岸好像八月的沙滩一样，根本没有落脚的地方！

“你们要有耐心，”弗拉姆巴斯对他的精灵同伴们说道，“癞蛤蟆是夜间活动的动物……”精灵们把自己锁在温室里，塞住耳朵，把头埋在枕头下。

“可我们不是啊！”果核穿着橄榄绿色的睡衣，一边在树枝上来来回回地徘徊，一边说道，“我们想要睡觉！这群可恶的家伙！”

“试着理解下，果核。”迪迪接着说道，

“现在正是一个恋爱的季节，公癞蛤蟆们得放声歌唱啊！”

“的确如此。”莴笋点头说道，“它们坠入爱河，然后正在给它们的爱人唱情歌呢！”

“多幸运啊，是吧？”果核忍不住说道，“总之，要是一个福尔西科精灵给他的爱人唱这种情歌，一定会被扔石头砸脑门的！一定会的！”

唯一付诸行动去阻止叫声的就只有可怜的特罗戈罗，他和他的癞蛤蟆女朋友现在已经寸步难离了。他坐在一根位于湖面上方的柳树枝上，每当那些癞蛤蟆的叫声变大时，特罗戈罗便会站起来，在胸口鼓足气，然后歇斯底里地喊道：“安静……”

癞蛤蟆的叫声戛然而止，可是过了一会儿，叫声变得比从前更响亮了。

黎明时分，特罗戈罗在喊了不知道多少声后，嗓子已经哑了。他累得失去平衡，掉进了水里。幸好，他的癞蛤蟆女友立刻把他捞了上来，驮到背上，送回到其他精灵所在的温室里。

像往常一样，欧拉乔一大早就赶来了。他刚走进储物间，他的手机便响了起来。又是市长打来的电话。

福尔西科精灵们听见上校吃惊的叫声后，立刻来到他身边，只留下特罗戈罗和他的癞蛤蟆女友在一旁亲热。精灵们赶过来时刚好听到了最后几句话：“不要这样做，

拉尔夫！我来收留它们，把它们留在我的菜园里！你把它们弄到我这里，然后我们再想办法解决这件事。你不要操之过急，拉尔夫……拉尔夫！”

“怎么了？”迪迪跳到窗边的桌子上，问道。

“利洛想要除掉城里的癞蛤蟆。”欧拉乔说道，“他想先把这些癞蛤蟆集中到一个地方，然后把它们赶到一艘冷藏船里，再把它们运走。我们只剩下两天时间来想出另一套解决

方案。时间紧迫，那艘船已经向港口开过来了！”

“哦，我的天哪！”弗拉姆巴斯担心地看着欧拉乔，说道，“那么现在我们得争分夺秒了！”

福尔西科精灵们来到湖边找灵感，欧拉乔则试着联系市长，拖延时间，这些癞蛤蟆现在多得可以组成一支大军了！

“我们得尽快把它们从这里带走。”

弗拉姆巴斯坚定地说道，“把它们带出城。”

“是的，可是我们在做的时候，要确保不被别人看到。”迪迪补充道。

“你想得太周到了，迪迪！”莴笋激动地说道。

“太棒了！”果核说道，“可是谁来和这些癞蛤蟆沟通这件事呢？我想它们什么也听不懂……”

这时，特罗戈罗突然来到这群精灵的身边：他不是走着过来的，而是骑在那只母癞蛤蟆的背上过来的。特罗戈罗看起来十分凶猛，一副古时候的骑士的模样（除去他总是不自觉地挠痒痒的动作外）。

“呜嘎！布嘎！我正骑着它！它，格隆卡！”

“太厉害了，特罗戈罗！”弗拉姆巴斯

称赞道，“可你是怎么驯服它的？”

“格隆卡非常喜欢我的气味！呜嘎！布嘎！”特罗戈罗得意地回答道，而那只母癞蛤蟆则用力地向前跳了一步。

“什么意思？”弗拉姆巴斯问道。

“意思是他们俩臭气相投！”果核冷笑着说道。

幸好特罗戈罗没有听见这句话，因为此时他已经骑着格隆卡走远了。

这时欧拉乔朝他们跑了过来，像个疯子一样挥舞着手臂。

“出什么事了？”

迪迪问道，“市长又说了些其他的蠢话吗？”

“截然相反，我刚给杰瑞米·波顿打了电话，他是我的一位老朋友，现在是一个农民……”

“他也遭受癞蛤蟆的侵袭了吗？”

“不是，但是他和我说他知道这些癞蛤蟆为什么会涌入城市，而且他想当面解释给我听。你们想和我去趟乡下吗？”

6.
呼吸一点新鲜空气

欧拉乔不爱开汽车。在城里，他一向是走路或者骑自行车，可是这次要去的地方太远了，时间紧迫，没有别的办法。

于是他把他那辆过时的黑色汽车从车库里取了出来，一辆小型司徒佛900，红皮座椅。在通知过提密斯和卡尔洛塔后，欧拉乔开着车去接他们一起出发。能加入周日乡村游姐弟俩也感到十分欢喜。

这是福尔西科精灵们第一次坐汽车。在上关于长腿族世界的必修课时，“机械兔”（精灵们就是这样称呼人类的汽车）可是在危险名单里位列第一。

“很有意思！对吧，老大？”莴笋一边说着，一边把鼻子紧紧贴在车窗上，“它跑起来像野兔子一样快！”

“我们到底要去哪里？”果核问道。他看起来有点不安。

“我告诉过你们了啊，”欧拉乔回答道，“城外，去找我的朋友杰瑞米。”

“不过这里也可以看到一些乡村景色！”弗拉姆巴斯坐在提密斯的肩上，满意地说道。

“空气也好很多……”迪迪说道，她在卡尔洛塔的怀里，眯着眼睛吸着气。

待在座椅上一动不动、一言不发的就只有特罗戈罗了。他的脸一会儿绿一会儿白，提心吊胆地咽着口水。格隆卡则在他身边守护着他，时不时舔一下特罗戈罗的脸。

“你感觉好些了吗，特罗戈罗？”萵笋问道，“你看起来糟糕透了！”

欧拉乔驶入了一条正在施工的路，汽车开始剧烈晃动起来，好像波涛汹涌的海面上漂着的一艘船。

“哇哦！”莴笋笑着说道，“好像林蕊节时，我们坐在巨型幼虫上的感觉！”

“可是坐在这里更难受一些！”果核讥笑着说道。

特罗戈罗的脸色突然间由草绿色变成了白萝卜色。

“快，打开车窗！”卡尔洛塔及时提醒道。

“为什么特罗戈罗嘴里会发出这些响声？”

莴笋担心地问道，她活到现在从来没有吐过。

幸好我们就要到了。

“波顿的农场就在那里！”欧拉乔指着一座巨大的建筑物说道。这座巨大的建筑物由蛋黄色的木头建成，屋顶是红色的。

“看，他还有奶牛！”莴笋一边欣赏着牧场的动物，一边吃惊地说道。

放眼望去周围都是草地和农田，旁边还有一个牛棚和两个谷仓。

“谨慎起见，你们去吧，”弗拉姆巴斯对他的长腿族朋友们说道，“我们四处转转……”

“我们待会儿见。”卡尔洛塔和精灵们说道，她和她的弟弟还有欧拉乔朝木屋走去，“你们要小心哦！”

“好的。”弗拉姆巴斯说道，此时草地上只剩下精灵们了（实际上，格隆卡也一直跟他们在一起），“趁这个时候，我们来做一个小型地面巡逻演习！怎么样？”

“好的，好的！我喜欢‘寻萝’！”莴笋一如既往，激动地说道，“这是什么意思，老大？”

“是巡逻，大笨瓜！”果核重复道，“意思是我们每个人负责观察一小片土地，然后回来报告都看到了什么。对吧，老大？”

“非常好，绿手仙果核！”碧翠仙弗拉姆巴斯赞同道，“你们每个人负责搜索

农场的一个方向。可是我提醒大家：远离人类和动物！一旦我发出大山雀的叫声，立刻到欧拉乔的‘机械兔’这里来集合，明白吗？”

“知道了，老大！”所有的精灵齐声回答道。特罗戈罗的脸还像白色爬山虎一样苍白，回答道：“卟啵！”然后骑到了那只母癞蛤蟆的背上，跳着离开了。

“我正好趁这个时候采一些桑树叶子，”迪迪对弗拉姆巴斯说道，“我看见水沟旁边有一片灌木林，你能陪我去吗？”

“当然可以。你要桑树叶子做什么？”

“我正在储存瓮布罗菲拉，需要用到桑树叶。”

弗拉姆巴斯和迪迪藏在高大一点的草下面，朝水渠走去。他们来到水渠边时，发现水已经干了，他们两个感到十分震惊。

“啊！这里面一滴水也没有！”弗拉姆巴斯吃惊地说道。

他们试着到别处看看，然而到处都是这样，流经这片乡村的水渠全都干了。

“这些可怜的植物可怎么办哪？”迪迪一边望着前方的那片玉米田，一边问道。答案立刻来了，一阵浓密的雨从天而降，把他们浑身上下都淋湿了！

“下雨了吗？”弗拉姆巴斯吃惊地问道，此时他正躲在一片叶子下。

“可是天空没有乌云，怎么会下雨呢？”

“这不是雨。”精灵迪迪指着位于田地中间的一个巨大的绿色的杆子回答道。水就是从这个杆子里喷出来的，形成伞的形状。“这只是长腿族用来灌溉植物的一种系统。很有想象力，对吧？”

“应该是吧……”弗拉姆巴斯略带迟疑地说道，“咦，是谁在那边跑？”

“在哪儿？”迪迪伸长脖子问道，“啊，我看见了！那是果核……”

“哦，我的天哪，一头奶牛正在后面追他！”

“奶牛？如果我没看错的话，那是……

一头公牛！”迪迪纠正道。

弗拉姆巴斯和迪迪拼命地朝果核跑去，边跑边喊道：“坚持住，果核，我们这就来帮你！”

果核害怕被那头牛尖尖的角刺到，于是爬上了树。可是那头黑牛仍不肯走，还用角不停地撞树。“我告诉过他，牛不喜欢红色。”藏在一旁的莴笋哭着说道，“可是他不听我的，老大！”

“我来想办法。”迪迪说道。在弗拉姆巴斯赶去帮忙前，迪迪早已拿着装有瓮布罗菲拉的瓶子朝那头牛跑了过去。那头牛还没来得及注意到迪迪，瓶子便被放到了它的鼻子底下。不一会儿，这头牛就吐着舌头，倒在了地上。

“真是千钧一发啊！”果核一边从树上爬下来，一边呻吟道，“谢谢你，迪迪！”

“不客气。但是下一次你一定要小心点！”

“绿手仙果核！”弗拉姆巴斯生气地说道，“我告诉过大家，要远离动物！我得惩罚你。”

“不要，老大！这次不是果核的错。”莴笋打断他说道，“他正在观察一株草，正纳闷它为什么这么黄时，突然这头黑色的奶牛冲了出来！”

“是公牛，不是奶牛！”果核低着头小声嘀咕道，“不管怎样，谢谢你……”

“是吗？你当时在观察草？”弗拉姆巴斯严肃地说道，“那你发现什么了？”

“我发现这些庄稼都严重缺水，”果核抬起头回答道，“就连这些草也是一样。这儿附近的水源太少……”

弗拉姆巴斯听见果核的这番话，便立刻消气了，说道：“这样看来……嗯……你做得很好，干得漂亮！可是我们不能铤而走险！对了，有人看见特罗戈罗了吗？”

“他在那儿，正朝我们过来呢！”迪迪指着正在草丛里跳跃的一只癞蛤蟆和一个精灵，说道。

“呜嘎！”特罗戈罗使劲儿地挥动着双臂，打着招呼说道，“格隆卡的家干了！那边！”

“家都干了？什么意思？”

“意思是，现在可以解释清楚为什么那些癞蛤蟆会跑进城里！”欧拉乔说道，此时他也来到了精灵们的身边，“波顿把一切都告诉我们了……”

7. 看地图

欧拉乔·普莱斯科特一边走，一边把他的那位农民朋友告诉他的，讲给福尔西科精灵们。他说道：“几年前，这个地方水源充足，斯普利特河的一个支流也从这里流过，这片土地曾经是一片巨大的湿地。”

“我还不知道河水里还有树枝，欧拉乔·普莱斯科特先生！”莴笋说道。

“‘支流’是一种说法！”果核叹息道，“难道每次都要给你解释一下吗？”

“每年春天，会有数以百计的癞蛤蟆来到这片湿地上繁殖。”

“呱呱！”那只母癞蛤蟆格隆卡鼓起一口气叫道，好像在附和欧拉乔的话。

“可是去年，”欧拉乔继续说道，“一家大型动物饲料公司在这里买下了大片的土地，其中就包括那片湿地。”

“他们为了灌溉他们的大豆、玉米种植园，把河水都排干了。他们还挖了许多口新井，不断抽取水源，致使其他的农作物都陷入了危机。癞蛤蟆的家园也跟着被毁了！”

“这群浑蛋！”莴笋气愤地说道，“所有人都应该给他们一个耳光！”

“这么说，癞蛤蟆闯入异日城是为了寻找一片湿地？”弗拉姆巴斯推测道。

“的确如此。可是公园里的那个小湖肯定是装不下这么多癞蛤蟆的！”

“杰瑞米还告诉我们，通常癞蛤蟆喜欢在一个地方固定生活，”卡尔洛塔说道，“一旦它们找到适合繁衍的地方，它们便会每年回去一次。这些癞蛤蟆在进城之前，曾在那片湿地附近徘徊了好久。”

“现在事情已经弄清楚了，我们不能再等了。”迪迪说道，“现在已经是春天了，它们到了产蝌蚪的时候了！”

“可如果这些癞蛤蟆是想出去溜达的话（意大利语中蝌蚪也有溜达的意思），”莴笋不解地说道，“有那么多比长腿族的城市

更美丽的地方，它们可以去啊！”

“不是这个意思，莴笋！”迪迪·卡佩尔维内莱博士笑着说道，“蝌蚪是一种小型两栖动物。癞蛤蟆的卵破开后，蝌蚪便会从里面钻出来，它们长得很像带着尾巴的小黑球。一只母癞蛤蟆大约可以产出一万个卵！”

“有这么多啊！”莴笋瞥了一眼果核，说道。

“是的！”迪迪笑着回答道，“随着这些蝌蚪慢慢长大，它们会长出四肢，先长出两条后腿，然后再长出两条前腿，它们的尾巴会一点点变短，最后消失不见。”

莴笋一边听迪迪说话，一边看着自己的手、脚和后背，眼神里充满了疑惑。

“这时，”迪迪继续说道，“它们就变成了小癞蛤蟆，大概一厘米长。变成小癞蛤蟆后，它们就可以跳出水面，到地面上活动了。

“这也就是为什么人们会管它们叫‘两栖动物’了。因为它们有两种生活方式，一种在水里，一种在陆地上，明白了吗？”

“我的迪迪博士，你懂得可真多啊！”莴笋惊讶地赞叹道。

“我更希望她再多知道一件事，”弗拉姆巴斯一边挠头一边说道，“就是在市长把这些癞蛤蟆运走前，我们如何把它们转移到另一个地方去。”

“眼下最紧迫的问题还不是这个，我的

朋友，”欧拉乔说道，“而是要找到另一个更适合癞蛤蟆生存的湿地……”

“呱呱呱！”坐在特罗戈罗身旁的那只母癞蛤蟆附和道。特罗戈罗骑着癞蛤蟆跳了这么久后，又感到有些恶心了。

“你说得对，欧拉乔。”碧翠仙弗拉姆巴斯点头说道，“你想到什么办法了吗？”

“还没有。我得去看一眼地图……”

在返回公园前，欧拉乔先把卡尔洛塔和提密斯送回了家。因为他们之前向爸爸保证过，周日晚上会早点回家，把作业写完。

“周末愉快！”欧拉乔·普莱斯科特上校向巴伯姐弟俩祝福道，“有消息我会通知你们的！”

精灵们刚一到达公园，噶尔外斯顿和依

波利达便迎面跑了过去，看起来十分焦虑不安，因为十几只癞蛤蟆又钻进了它们的窝。特罗戈罗骑着格隆卡立即赶去处理这件事，毫不费力地把洞里的癞蛤蟆都赶了出来。

“瞧瞧这两个厉害的家伙……”弗拉姆巴斯望着正在驱赶癞蛤蟆的格隆卡和特罗戈罗说道。

接着欧拉乔走进了他的小房间，打开灯，把一张异日城周边的地图放到桌上展

开，五个福尔西科精灵也跳到了上面，仔细地观察起地图来。

“这里是什么？”迪迪指着一片绿色的区域问道。

“山丘，”欧拉乔回答道，“那里有草地，矮矮的树木，可是没有湿地……”

“那这里呢？”弗拉姆巴斯问道。

“全是农田。灌溉水渠，树木稀少，还有几片灌木丛……”

“那条浅蓝色的蜿蜒着的是河吗？”莴笋在地图上指着问道。

“那是斯普利特河，从塞拉坎蒂塔山上流下来的。”欧拉乔说道，“这段河流的水流有点湍急，我觉得那些癞蛤蟆不会喜欢的……”

“它们更喜欢发臭的死水。”果核一脸厌恶

地看着格隆卡，说道，“是吧，格隆卡？”

格隆卡冲果核发出“呱呱”的叫声，然后跳到了地图中间。

“喂！快走开！”果核冲这只癞蛤蟆喊道，“你把地图都弄脏了！”

欧拉乔则盯着格隆卡踩过的地方看，然后跳起来说道：“多尔贝夫沼泽！就是这里！有点远，但或许可以……”

“那是什么地方？”弗拉姆巴斯立刻追问道。

“那是位于异日城西北边的一个地方，还没有被开垦过，位于多尔贝夫丛林边缘。那里生长着高高的草、石楠、金雀花，还有一些树。也许那里会有湿地，可是只有我们亲自过去看看，才能确定……”

“开你的‘机械兔’去的话多久能到？”弗拉姆巴斯问道。

“半个小时吧……”欧拉乔说道。

“如果我骑阿尔坎（弗拉姆巴斯的鹰）去的话，一定可以节省很多时间。”弗拉姆巴斯说道。

“可是你不能独自行动！”迪迪打断他说道，“精灵守则上说我们至少要两人一起行动。我和你去。然后我会带上这个！”

迪迪从衣服里拿出一个木叉，弗拉姆巴斯目不转睛地盯着看。第一次见到寻水棍的人都会感到很惊奇。

8.
一次难忘的跳水

当迪迪和弗拉姆巴斯赶到湿地时，离太阳落山只剩不到一个小时了。因此，他们只有一个小时的时间来为那些癞蛤蟆寻找新家。不然天一黑，他们就不能再继续寻找了。事实就是这样，鹰在白天时的视力是非常好的，可是一到晚上就什么也看不清了。

“找到什么了吗，迪迪？”弗拉姆巴斯冲着迪迪问道。迪迪就坐在他身后，拿着寻水棍指向地面，搜寻着。

“还没有……”迪迪回答道。

“你再往下落一点，阿尔坎！”弗拉姆巴斯对着鹰的耳朵说道。迪迪和弗拉姆巴斯坐在鹰背上，从一片丛林上空划过。

突然，迪迪手中的寻水棍开始晃动起来，像个搅拌器似的。

“就在那下面！”迪迪激动地喊道。

弗拉姆巴斯凝神望去，发现那些植被中间有片发亮的东西：是一片巨大的水坑，水坑附近植被旺盛，而且是一摊死水。

“我看见了！”弗拉姆巴斯大喊道，“我看见了！”

他们在湿地上空盘旋了一会儿，发现这片湿地面积很大，完全可以放得下异日城里的所有癞蛤蟆。

弗拉姆巴斯开心极了，爬到了鹰的脖子上，然后说道："迪迪，你看！这是我小时候学的，在巫河学校学的！"

"你要干吗？"迪迪一边喊道，一边试图阻止弗拉姆巴斯，"你疯了吗？弗拉姆！"

太晚了，弗拉姆巴斯已经跳了下去，在空中做了一个精彩的前空翻，然后跳进了水里。

真是一次令人难忘的跳水。要是事先测量好水坑的深度就更好了，弗拉姆巴斯的头插进了湖底的泥堆里！幸好他没有受伤。

迪迪拍了拍阿尔坎，然后朝弗拉姆巴斯飞去，把他从水坑里捞了出来，可是当他们

把他捞出来时，弗拉姆巴斯脸上沾满了泥，差点没认出来。弗拉姆巴斯对那根寻水棍赞不绝口，最后还冲迪迪尴尬地说道：“呃……拜托你，回去千万不要把跳水这件事告诉大家……”

夜晚笼罩了整座异日城。欧拉乔和其他几个精灵躺在植物园的草地上，安静地等待着弗拉姆巴斯和迪迪回来，他们盯着天空上刚冒出的几颗星星发着呆。然而，特罗戈罗已经睡着了，他躺在格隆卡的背上。

就在不久前，他们得知“灭蟾行动”已经开始了：人们穿着白色制服，拿着网和黑色袋子，正在城里搜捕癞蛤蟆，已经抓了很多只了！

“这帮坏蛋！”莴笋不停地咒骂道，“我应该把他们塞进黑袋子里！”

欧拉乔·普莱斯科特上校看着天空，自言自语地说道：“加油，我的朋友，你一定不会让我失望的。我知道你们就快回来了……”

然而，就在普莱斯特祷告的时候，阿尔坎响亮有力的叫声划破沉闷的夜空。

9. 地下通道

有时最简单的办法也就是最直接的办法。卡尔洛塔和提密斯接到欧拉乔的电话后，就是这样认为的。欧拉乔把寻找湿地的经过告诉了他们。现在需要想出个办法，把那些癞蛤蟆赶到弗拉姆巴斯和迪迪发现的那块湿地上去，而且要赶紧行动，因为距离冷藏船靠岸的日子只剩下一天了。于是，他们姐弟俩决定直入主题：向他们的爸爸寻求帮助。只不过需要稍微撒个谎，以免他担心……

“爸爸……”卡尔洛塔来到她爸爸的书房说道，“欧拉乔告诉我们说，他觉得这些癞蛤蟆是从一个叫多尔贝夫的湿地过来的。那片湿地或许是被排干了水，于是癞蛤蟆们才会换个地方栖息的。”

“真的吗？”爸爸回答道，他的眼睛一直没有离开过他面前的那台电脑，“很有趣的假设，说不定就是这个原因！你看这里……”爸爸一边说着一边指着屏幕上的三维地图给卡尔洛塔看，“如果这些癞蛤蟆是从这里朝异日城来的话，那么它们

一定途经过这里。你听明白了吗？”

“嗯……”卡尔洛塔一边注视着屏幕上爸爸用鼠标点出的红色标记，一边点头回答道。

“可是一定会被人看到，至少会被开车的司机看到，因为司机要从这里经过！”爸爸说道。他在电脑上用一条更粗的黑线阻断了刚刚标记的红线，这条粗粗的黑线位于异日城的西边。

“那条线是什么？”提密斯好奇地问道。

“那条是公路，孩子！”爸爸笑着说道，“如果这些癞蛤蟆要从公路经过的话，那得死掉多少只啊！”

“如果这些癞蛤蟆是从别的路过来的呢？”卡尔洛塔说道。

“哪条路？天上吗？”她的爸爸笑着说

道，“癞蛤蟆可不会飞！”

“那如果它们在马路下面挖了一个通道呢？”提密斯试探着问道。

“我可从没听说过癞蛤蟆也会挖洞。你们听过？”

“马路旁边那些紫色的线是什么意思？”卡尔洛塔指着屏幕上的地图，好奇地问道。

“这些吗？这些是下水道。那些癞蛤蟆从这里通过的确比从其他地方通过要更容易些。这些下水道一直延伸到城市边缘呢，你看到了吗？它们或许是发现了某根开着的管子，然后钻了进去。可我还是觉得不太可能，因为癞蛤蟆在下水道里很容易迷失方向。不，你们去告诉你们的朋友欧拉乔，他的假设不成立……”

可是还没等他说完，孩子们早已跑开了。对他们来说，让那些癞蛤蟆沿着下水道逃出去是个再好不过的办法了，于是他们立刻赶去通知欧拉乔。

就连植物园的守园人欧拉乔，也认为这是个好主意，于是他立刻把这个办法告诉了弗拉姆巴斯。

“我们可以试一试，”弗拉姆巴斯说道，“或许行得通！谁想和我去查看一下？”

“我可以。”迪迪立刻毛遂自荐道。

“我知道你可以，”弗拉姆巴斯打断她说道，“可是我需要你留在这里，控制眼前的局势。因为随时都有可能出现问题……”

“我很想去，真的，可是我特别怕走黑色的通道，老大。”莴笋推托道，“果核也害怕！”

“你是在说你自己吧！我可是不害怕……嗯……是一点也不怕！只不过，我的眼睛有点不适应黑暗的环境……”

“我去！”这时，特罗戈罗拍着胸脯说道，“我不怕黑！”

格隆卡向特罗戈罗跟前跳了两步，似乎这只癞蛤蟆时刻准备跟着特罗戈罗。

“啊，这样啊，”弗拉姆巴斯笑着说道，“那我带着噶尔外斯顿一起去！怎么样？”

说实话，这只兔子不是很想去地下，可是它却很喜欢它的精灵主人，而且它也不想让别人觉得自己还没有一只癞蛤蟆勇敢。

弗拉姆巴斯和特罗戈罗半夜时出发了。欧拉乔给他们带上了一个小手电筒和一幅异日城的路线图，供他们在地下辨别方向使用。

“你小心点，弗拉姆……”迪迪嘱咐道。

“不用担心，我一直把几年前在林法多罗时你送给我的护身符带在身上呢……”弗拉姆巴斯一边说一边从口袋里掏出一块苹果木，里面嵌着一片三叶草，“这个东西可是一直跟着我呢！”

迪迪冲他笑了笑，祈祷这个东西真的拥有神奇的力量。

接着噶尔外斯顿和格隆卡便载着两个骑士跳进了公园的下水道里。

格隆卡在下水道里感到自在极了，潮湿和黑暗就像两个从小陪它长大的伙伴一样。

然而噶尔外斯顿可不这么觉得，尽管弗拉姆巴斯不断地鼓励它，可它还是一直跑在那只癞蛤蟆的后面，它对这个装满死水的下水道，以及这里散发的味道，感到十分厌恶。

“这里是下水道，噶尔外斯顿。”弗拉姆巴斯安慰它说道，“整个城市的脏水都汇集到这里。振作起来，这里没那么糟糕……”

兔子看了一眼弗拉姆巴斯，一脸厌倦的表

情，继续向前走着，尽量避免弄湿自己的爪子。

此时，弗拉姆巴斯正借助手电筒的光亮，认真查看着地图，他大声地指挥着方向，说道："一直往前走……走到头我们向右转……然后遇到岔路再左转……这样走应该没问题……"

然而，实际上却没有这么容易！

他们已经在这个迷宫一般的下水道里转了整整一个小时了，然而却只走了还不到一半的路。

最后，欧拉乔给他们的那个手电筒也没电了。手电筒的光一点点变弱，最后完全熄灭。

“现在我们可真是穷途末路了！”弗拉姆巴斯嘟囔道。

“呱呱！”格隆卡应和道。

“我……火！”特罗戈罗大叫着，他的声音在黑漆漆的通道里回荡着。

接着，一个小火苗亮了起来。

“你在哪里找到的这个东西？！”弗拉姆巴斯一边指着特罗戈罗手里的那个东西，一边问道。此时，噶尔外斯顿不安地向后退着。

“长腿族扔掉……我捡到了！呜嘎！布嘎！”特罗戈罗回答道，他得意地拿着那个被人类叫作“打火机”的东西。

“你太伟大了，特罗戈罗！”碧翠仙弗拉姆巴斯开心地叫道，“我们继续走吧，加油！”

探险小队重新出发了。这一路很顺利，没有发生什么意外状况，除了时不时听到特罗戈罗被打火机烫到时发出的叫声。每当特罗戈罗被打火机烫到手时，他都会说几句精灵语脏话，然后再换另一只手。他们还需要

再走上一个小时，才能到达位于公路下方的下水道。

“我们到了，特罗戈罗！我们到了！”弗拉姆巴斯一看到下水管道的入口，便激动地说道。可当他们走进那个下水管道后，弗拉姆巴斯脸上的激动一下子消失了，他发现这个管道完全被泥巴堵住了，水被分成好多细小的水流。

“呱呱！”格隆卡叫着附和道。

他们试着挖了一会儿，可是很快他们就感到筋疲力尽。

不得不承认，他们离目标还远着呢。

10. 漫天遍地

第二天一早，他们返回了公园，他们早已疲惫不堪。

迪迪是第一个向他们跑过来的。“你们怎么了？我们担心得不得了……”

弗拉姆巴斯冲她勉强地笑了笑，他的脸上都是泥，衣服全都破了，上面都是被划破的口子。特罗戈罗弄得更脏。至于噶尔外斯顿和格隆卡，简直认不出来了！

迪迪一边用她的神奇药膏给他们处理伤口，

弗拉姆巴斯一边给她讲述他们的不幸遭遇。

“事实证明，我们不能让癞蛤蟆们从地下走了。”弗拉姆巴斯闷闷不乐地总结道，“地上也不行，有公路……”

“那么我们就让它们飞起来！”莴笋一边像鸟一样拍打着手臂，一边说道。

“你什么时候能安静一会儿啊？”果核不耐烦地喊道。

弗拉姆巴斯则目不转睛地看着莴笋。

“怎么了，老大？你也生我的气了吗？”

“一点也不，我亲爱的莴笋！我觉得你的主意太好了！迪迪，去把你的黑鸢叫过来！你，特罗戈罗，你去找咚弗（鸽子）。你们两个去找朱莱拜（海鸥）！我们还需要更多的鸟……”

“你想干吗，弗拉姆？”迪迪困惑地问道，“别再做什么危险尝试了……”

“一点也不危险！”弗拉姆巴斯回答道，他的体力似乎瞬间恢复了。此时，欧拉乔·普莱斯科特上校正满眼疑惑地盯着他看，弗拉姆巴斯对上校说道：“欧拉乔，你仓库里的毛线网布有多长？”

第一批运送癞蛤蟆的队伍在六点半左右就出发了。天空中仍有许多刺眼的光线，所以那些鸟不得不飞得低一些。这些鸟的爪子

里，握着一种用尼龙网布做的袋子，袋子里面装满了癞蛤蟆。

阿尔坎和吉尔波，已经习惯了承载兔子的重量，它们可以毫不费力地来回飞上两三次，可是特罗戈罗的那只鸽子，还有莴笋和果核的那只海鸥，在运过一趟后就已经疲惫不堪。当它们的主人试着劝它们再出发时，这些鸟竟用嘴去啄它们的主人。运到第五次时，就连那两只最能干的鸟都飞不动了，它们一边发出吱吱的叫声，一边晃动着翅膀。

“我们已经运走四十只癞蛤蟆了，这个数量已经很多了……”迪迪说道。她和其他的精灵向窝里走去。

“我现在真的是无计可施了……我投降了！”弗拉姆巴斯举起双手，沮丧地说道。

“你说什么？”迪迪说道，“这可不是我认识的那个弗拉姆巴斯！”

“可是迪迪！我们已经试过各种办法了，可是你看我们现在都成什么样子了！这件事太重大了，不是我们这些福尔西科小精灵能应付得了的！”

精灵迪迪正要反驳弗拉姆巴斯，突然欧拉乔的电话响了起来。又是市长打来的。

“冷藏船已经靠岸了，我的朋友。”市长说道，“今晚我们就会把城里的所有癞蛤蟆都抓起来，明天早上轮到你的公园。你做好准备！”

“等一下，拉尔夫，你在犯一个致命的错误……再给我一个小时，我们已经找到可以收留这些癞蛤蟆的地方了……”

“太迟了，这座城市不能再等了！明天下午过后，异日城将会忘记这次可怕的事件，这里的生活将一如既往。再见，上校！”

欧拉乔愤怒地放下电话。他看了眼周围，福尔西科精灵和两个孩子都低着头。

“事已至此，唯一能让我振作起来的就只有一件事了，”提密斯一边说一边在背包里摸索着，“一段音乐……”

说完，他便把他的黑色方形设备放到了桌上。

“我想给你们听段音乐，这是我从我的歌手好朋友那里录制的。”

提密斯一边说着，一边打开了那个奇怪的设备，“你们听一下……”

从这个设备上的唯一的喇叭里，放出了一段让人震惊的音乐，是一段交响乐，是由癞蛤蟆的叫声组成的，像魔法一般神奇！

“太精彩了，孩子！”老普林斯科特称赞道，“我说的是实话！”

“我从来没听过这样的音乐！”弗拉姆巴斯也称赞道，“祝贺你！”

“你真厉害，提密斯！”莴笋鼓掌说道，“这段音乐让我想跳舞……”

此刻，他们担心的问题似乎都不见了，一切烦恼似乎都被这段悦耳的“声音大拼凑”给冲淡了。

“我想给那些癞蛤蟆也听一听……”提密斯突然说道。他手里拿着那个方形设备，向外面走去。

“喂，癞蛤蟆们！”提密斯喊道，“你们来听听这个！”

起初这些动物对提密斯不屑一顾，可是当提密斯把设备对向公园，然后把音量调到最大时，这些癞蛤蟆在提密斯的身后排起了长长的队伍。

“喂！看起来它们很喜欢这个音乐！”提密斯一边喊道，一边随着这段古怪的音乐舞动起来。

提密斯看起来像一个身后跟着一排老鼠的短笛吹奏者。

莴笋和果核由于受到春日综合征的影响，也兴奋地加入了这支队伍。

“我们知道怎么转移这些青蛙了……”弗拉姆巴斯一边注视着这有趣的场景，一边嘟囔道。

事已至此，任何办法都不妨一试。

11.
斯格伦胡桃钳

可是仍需要花费一段时间来说服大家采取这个方法。

“公路呢？”欧拉乔说道，“怎么穿过去？”

“我们可以在它们被抓走前，就把它们从这里带走。”弗拉姆巴斯反驳道，“一旦出了城，就安全了……”

“可是如果人类看见它们，也会报警的！”

“我们午夜过后再出发。”弗拉姆巴斯解释道。

“提密斯把音乐调到最小声……癞蛤蟆在街上

走动对异日城的居民来说也已经见怪不怪了，你们觉得怎么样？”

“等一下！”卡尔洛塔这时突然惊呼道，“要是我们从相反的一边走呢？沿着东边走，而不是往西走呢？这样我们就可以更快地抵达郊区，我们可以从公路高架桥的下面过去，而不是从公路上面穿过去……”

“可是这样就会多走很多路，癞蛤蟆们恐怕走不了那么远！”

“不会的。”迪迪打断说道，“癞蛤蟆为了找到合适的繁殖地点，可以走好几公里路。我觉得这个办法可行。”

“你们听见迪迪博士的话了吗？这个办法可行！”萬笋严肃地说道，惹得大家哈哈大笑。

午夜过后，队伍从尼法阿公园出发了。当然在欧拉乔的说服下，巴伯姐弟俩得到了爸爸的许可，可以留在植物园过夜，借口是为了观察鼻涕虫繁衍！植物园的守园人欧拉乔也向建筑师巴伯承诺，第二天一早便亲自把他们送到学校。

那一夜，天上连个月亮的影子都找不到。此时提密斯正拿着他的方形设备走在癞蛤蟆队伍的最前头，旁边站着的是比他更熟悉路线的姐姐。特罗戈罗（骑在格隆卡身上）、萬笋和果核（骑在噶尔外斯顿和依波利达的身上）则站在癞蛤蟆队伍的两侧，负责不让队伍散开。

“前进，前进！”果核一边做着手势，一边喊道，他的手势做得比交警还要准确，“你们

慢得像只旱獭！”

“加油，癞蛤蟆们！”莴笋温柔地鼓励道，“你们想不想好好洗个澡？那就赶紧挪动你们的腿！”

走在这支长长的队伍后面的是欧拉乔·普莱斯科特上校，他看着眼前令人不可思议的场景，不禁在心底问自己，此时他到底是醒着还是在做梦。

另一边，弗拉姆巴斯和迪迪骑在两只鸟上，观察着路面的情况。他们飞得很低，这样一来，在遇见人类，或者那些穿着白色制服、拿着黑袋子的人，或者“机械兔”时，他们就可以及时通知到大家。而卡尔洛塔则负责到前面探路，她躲在角落偷看着，一有危险她便立刻走开，或者站住不动，等着危险过去。

走了一个小时，他们终于到达了郊区。到此刻为止，一切都很顺利。

接着一个出乎意料的状况把大家吓了一跳。

他们正沿着老工业区走着，穿梭在坍塌的厂房和废弃的工厂之间。突然，从他们的右手边的区域传来一个奇怪的叫声。他们继续向前走了几步，叫声变得更加响亮，最后大家终于分辨出这个声音，是“呱呱”声！

整个癞蛤蟆队伍一听到这个叫声，也跟着叫了起来，队伍一下子散开了。

“不许走，你们这些愚蠢的动物！”果核

咒骂道，而这些癞蛤蟆却完全不理会他，继续向四处散去。

即使莴笋用温柔的方式，来阻止这些癞蛤蟆，也无济于事：“你们去哪儿啊？蛤蟆们！快回到这里来！不要去那里！来这儿！”

“快，提密斯！”弗拉姆巴斯叫道，此时其余的人正在追赶着那些逃窜的癞蛤蟆，“把音乐声音调大！”

“嗯？什么？啊，好的……音量，对！”

提密斯扭动旋钮，他的交响乐立刻响彻夜空。许多癞蛤蟆都停了下来，还有许多跳了回来，可是一大半的癞蛤蟆都已经跑远了。

“跟上它们，提密斯！快跑！”卡尔洛塔激动地说道，说完她便跑去追那群跑远了的两栖动物。

她的弟弟立刻跑着跟上去，可是刚跑出去几步远，就被地上一块凸起的石头给绊倒了，他一下子摔在地上。更糟糕的是，那个播放器也跟着摔在地上，从中间裂开，播放器坏了。

“哦，不！”提密斯失望地喊道，“这下完了！简直就是个悲剧！现在我们该怎么办？”

他坐在地上，从包里拿出一个小手电筒，仔细查看这个播放器是否能修好。他的姐姐则绝望地摇了摇头，继续跑着去追那些癞蛤蟆，试图追回来几只。

此时欧拉乔和精灵们赶了过来，发现一群癞蛤蟆正蜷缩在一堵白墙后面。在另一边，一

辆巨大的垃圾车正从一个铁栅栏门内开出来，车上面赫然地印着几个字：特殊垃圾处理中心。

“原来他们把捉来的癞蛤蟆都放在这里！”欧拉乔小声嘀咕道，“一定是这样……”

在栅栏里面，站着十几个穿着白色制服的人，他们的肩上都扛着个黑色的袋子。他们沿着梯子爬上一个巨型红色容器，接着他们用钥匙打开了一扇铁网编成的门，然后把袋子里呱呱叫着的东西倒了进去。

“他们这样做会伤到那些癞蛤蟆的！”莴笋小声说道。

就在这时，另一辆垃圾车突然开了进来，从车上跳下来三个穿着白色制服的人。他们从车厢里卸下来十几个装得满满的袋子。

“这是最后一袋。你们可以把门关上了！”垃圾车司机喊道，“我们明天早上过来把它们运走。”

其他的癞蛤蟆好像也知道，最好不要让这些穿白色制服的人看到或者听到。当这些人的垃圾车从垃圾处理厂开出来时，这些癞蛤蟆一动不动地躲在草地里。

可是，刚安静了一会儿，它们又开始呱呱地叫了起来。这些感到绝望的叫声好像在呼唤它们那些被关起来的同伴。弗拉姆巴斯和迪迪骑着鸟，轻轻地飞落到这些癞蛤蟆的身旁。这些癞蛤蟆正悄悄地跳向紧闭的铁栅栏。现在这个垃圾处理厂变得空荡荡的。四盏生了锈的路灯发出微弱泛黄的灯光，照着这片空旷的场地，垃圾车和分类垃圾箱静静地伫立在那里。

“原来这就是它们从队伍里跑开的缘故！”年轻的碧翠仙弗拉姆巴斯说道，“它们是听到了那些被抓起来的癞蛤蟆的叫声……”

“如果不把那些癞蛤蟆放出来，貌似它们是不会离开这里的。”欧拉乔说道。

“恐怕事情没这么简单了。”卡尔洛塔沮丧地说道，“我弟弟那个冒失鬼刚刚把他的播放器给摔坏了！”

“我的天哪！我们完了！现在我们怎么拯救这些癞蛤蟆？”

“淡定！”迪迪突然说道，“在琳法比安卡有句老话：‘聪明的精灵都是一蹴而就！’我们把那些癞蛤蟆从笼子里放出来。”

“什么？”弗拉姆巴斯反对道，“这些笼子可是铁做的！”

“哦，这个不是问题……”欧拉乔说道，脸上露出狡黠的笑容。他从衣服口袋里拿出一把黄色手柄的巨大剪子，说道：“你们从来没听说过斯格伦胡桃钳吗？我上个星期通过邮件订购的。它主要是用来修剪树枝的，但据说也可以剪断铁丝。我们要不要试一试？”

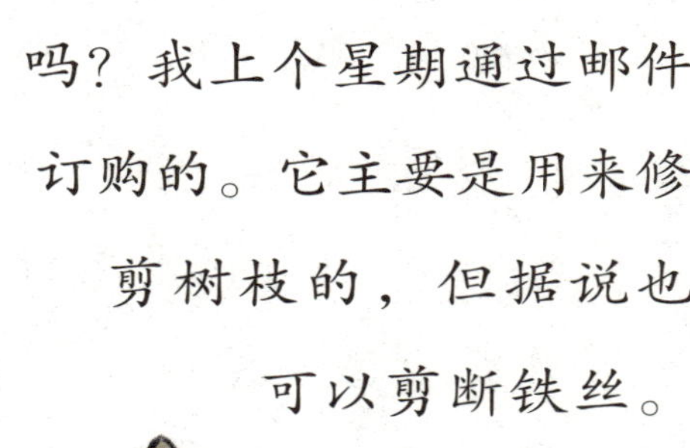

12.

夜晚打嗝声

与此同时，在两百米外的草地中间，不知所措的特罗戈罗（身边永远跟着格隆卡）手里举着手电筒，正帮提密斯修理他的那个播放器。巴伯家的这个小天才把背包里的所有东西都倒了出来，摊在草地上，尽管他用两个螺丝刀忙活了半天，那个设备还是一声不出。

“手电筒再靠近一点，特罗……这样就好……”提密斯一边用手握着两根不同颜色

的电线，一边说道，“现在注意了……我要连接了！”

一个金色的火花迸溅出来，照亮了黑夜。

“哎哟！”提密斯喊道，立刻断开了手里的电线，几缕黑烟呛得他直咳嗽，“嗯……我觉得我好像把电极弄反了！我们再试试……但是我想先喝点东西。你能把那个放光的易拉罐递给我吗？谢谢！你知道这是什么吗？柠檬爽！这是世界上气最足的饮料！你想试试吗？”

提密斯喝了一口，然后发出“嗝喽”一声，他打了个嗝，提密斯忍不住笑了起来。

“这个东西可以让你神清气爽！”提密斯开玩笑地说道。此时格隆卡跳到他腿边，而特罗戈罗则用奇怪的目光盯着那个打开的易拉罐。

此时，弗拉姆巴斯和迪迪毫不犹豫地钻进了垃圾处理站。斯格伦胡桃钳和预期的一样，毫不费力地就把铁网门剪开了，癞蛤蟆就像从火山里喷发出来的石砾一样，从笼子里跳了出来！

“你看它们正往外跳呢！”看见十几只癞蛤蟆跳到地上，果核激动地说道。

“它们跳起来的样子，好像猴子！”莴笋补充道。

不一会儿的工夫，这些前几天跑到异日城的两栖动物，把附近的草地都覆盖了，它

们在星光的照耀下欢快地叫着。

“要是利洛市长看见这一幕，他一定会崩溃的！”欧拉乔冷笑着说道，“他可是白忙了一场！”

可是当他看到这些癞蛤蟆开始向四处逃散时，他的情绪立刻发生了转变，说道：“我的天哪！站住，你们要去哪儿？！多尔

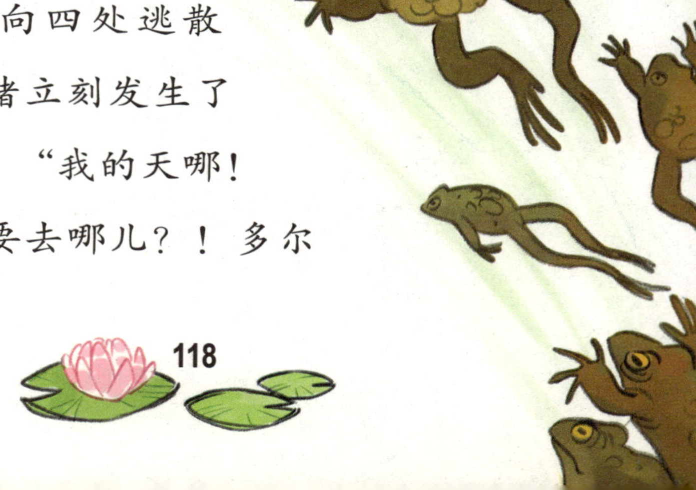

贝夫沼泽在那边！在那边！”

可是这些癞蛤蟆根本不听欧拉乔的话。三只一组，十只一帮，二十只一队，就这样纷纷向反方向跑去：有的朝异日城跑去，有的朝山地跳去……甚至还有的癞蛤蟆竟然跳回了垃圾处理厂！

“或许我们才是‘白忙了一场’！”欧拉乔张开双臂，沮丧地说道。

“提密斯！”卡尔洛塔不耐烦地喊道，“你赶快修好你的那个东西！”

可是接下来卡尔洛塔听到的声音，完全出乎她的意料。

令她诧异的并不是她弟弟的声音，而是一声划破夜空的可怕的巨响，一声响亮的、

颤抖的、震撼的“嗝喽”。癞蛤蟆们立刻停住不动，长腿族们也是一样。只有莴笋听出了这个声音的出处。

“我知道肯定是特罗戈罗打了一个小小的嗝！”莴笋偷笑着说道。

“这声嗝可真够‘小’的！”果核一边说着，一边也跟着偷笑起来。

实际上，是特罗戈罗喝了提密斯的柠檬饮料，只不过他喝得有点多，于是就从他的嘴里发出了那个响声。然而更令大家感到意外的还有另一件事……

迪迪是第一个察觉到的，她说道：“喂，你们看那些癞蛤蟆！它们正朝特罗戈罗跳过去！”

果不其然，整个癞蛤蟆大军被这绝无仅有的打嗝声给召集了起来，它们大步跳向这位新统领。而特罗戈罗一看到数百只癞蛤蟆朝自己跳过来，立刻骑上格隆卡，仓皇地逃走了。

“快点，迪迪！我们赶紧骑上鸟追上去！”弗拉姆巴斯立刻喊道，“我有一种不祥的预感……”

他们骑着吉尔波和阿尔坎立刻飞上了天，跟着那群逃跑的癞蛤蟆。跑在最前面的是特罗戈罗，他骑在他忠诚的格隆卡身上。跑在队伍最后面的是长腿族们，以及骑在兔子（说到跳，这两只兔子可丝毫不比那些癞蛤蟆逊色）上的其他几个福尔西科精灵。

这些癞蛤蟆有时会减慢速度。可是格隆

卡每跳起来一下，特罗戈罗就会发出“嗝喽”的一声，一听到这个声音，这些放慢速度的癞蛤蟆就会立刻冲上去，紧跟着特罗戈罗。

“哦，我的天哪！”弗拉姆巴斯·格林一边拍打着脑门，一边惊叹道，“我就知道！我就知道！”

“发生什么事了，弗拉姆巴斯？”迪迪凑过来问道。

“你看下面！”弗拉姆巴斯指着他们前方不远处一条长长的带状发光区域，回答道，“他们不是在向高架桥走去！下方的这条公路和地面齐平，他们会从公路中间穿过去的！”

“我的天哪！”迪迪惊讶地说道，“必须阻止它们！立刻阻止！”

迪迪骑着鸟朝特罗戈罗飞去，而此时弗拉姆巴斯也朝着癞蛤蟆急速滑翔过去，企图驱散它们。可是一切都无济于事：这群癞蛤蟆着迷地跟着格隆卡和它的骑士特罗戈罗，丝毫不知道前方不远处等待它们的是一条“黑路”，上面正全速行驶着长腿族们的“机械兔”。

简直是一场灾难！

弗拉姆巴斯立刻开动脑筋，努力地思考着解决办法。就在他感到快要绝望的时候，突然一个想法从脑子里蹦了出来！

弗拉姆巴斯的这个想法一定会把这个没有月亮的夜晚点亮。

13. 为时已晚

弗拉姆巴斯一个急转弯，改变了飞行方向，朝卡尔洛塔飞去。

这个年轻的碧翠仙弗拉姆巴斯满心期盼着，卡尔洛塔会随身带着照相机。幸运的是，她的确带了！于是弗拉姆巴斯骑着阿尔坎飞到了卡尔洛塔的眼前（看见眼前突然出现一只鹰，卡尔洛塔吓了一大跳），然后冲她喊了几句话。

卡尔洛塔立刻点了点头，接着从她前面

的那群癞蛤蟆中间穿了过去，朝癞蛤蟆队伍最前面跑去。而此时，可怜的特罗戈罗一边不停地打着嗝，一边骑着格隆卡疯狂地向前跑，因为他觉得这是保命的唯一办法。

当卡尔洛塔把照相机对准那些癞蛤蟆时，她按了一下、两下……十下快门，与此同时，照相机闪光灯发出刺眼的光亮，把黑夜都照亮了。还好弗拉姆巴斯还记得照相机的闪光灯对那些癞蛤蟆的作用。如果白天管用的话，那么晚上也一定如此！

“你快看，果核！”莴笋一看到癞蛤蟆摆着奇怪的姿势一动不动时，便笑着说道，“它们又在玩雕像游戏呢！”

“太聪明了！”欧拉乔·普莱斯科特赞叹道，“我都没有想到！”

“天哪，就差一点了！”果核屏住呼吸说道。

前方五米远，就是公路的护栏。尽管已经是现在这个时间了，马路上的大车小车依旧川流不息。

只可惜，大家都只顾着沉浸在一片欢喜之中，却忘记了照相机的这个效果仅仅能持续几分钟。

或者说他们以为，就算这些癞蛤蟆回过神来，也不会再继续向前跑了。这些癞蛤蟆

只有待在原地不动，福尔西科精灵以及他们的长腿族朋友，才有足够的时间想出办法，把这些癞蛤蟆从“黑路”上弄走。

“唯一的办法就是阻塞公路上的交通。”欧拉乔担心地说道，“可是要在两分钟内做到，是不可能的。这需要特殊许可，我想那个老狐狸利洛也不可能会同意我这么做的……”

“没有时间了，没有时间了……”弗拉姆巴斯一边来回踱着步子，一边嘟囔道。

大家都站在原地思考着，此时癞蛤蟆正一点点清醒过来，晕头转向地看着彼此。特罗

戈罗则战战兢兢地观察着这些癞蛤蟆，为防万一，他骑上格隆卡，一旦发现它们准备再次跟过来，他便做好准备立刻逃走。

“看在老天的分上，特罗戈罗，你千万不要动啊！”弗拉姆巴斯期盼着。

可你们是了解那些癞蛤蟆的，它们中间只要有一只跳起来，其他的都会跟着跳起来。而跳向格隆卡的那只癞蛤蟆离它实在太近了，以至于格隆卡不得不躲开，而此刻，特罗戈罗肚子里的柠檬汽水也重新起了作用。

从特罗戈罗的嘴里又发出了一声“嗝喽”，没有那么响亮了，但对于那些两栖动物来说还是有着难以抵抗的吸引力。

特罗戈罗一看到癞蛤蟆跟了上来，便立刻失去理智，骑着格隆卡朝那个铁栅栏

跑去。跨越这个铁栅栏，对于一只癞蛤蟆来说，就像小孩子玩跳高游戏。格隆卡一跃便来到了马路中间，就在此时，一辆汽车突然开了过来。

“从那儿离开！特罗戈罗，快点离开！”弗拉姆巴斯绝望地大喊道。

这个精灵大块头似乎被吓得瘫在那里，然而幸运的是他的那只癞蛤蟆赶在那辆车开过来之前，便跳了起来，越过了马路中间的

隔离栏，跳到了另一边的马路上。紧接着立刻传来喇叭声和刺耳的刹车声。随后一声“呜嘎——布嘎”让所有人都松了一口气。

“我竟没发现，特罗戈罗到了春天会变得如此疯狂！”莴笋说道。

然而大家还没来得及回应，便听到果核发出的警告的叫声：“糟糕！你们看！其他的癞蛤蟆也要跳过去！”

卡尔洛塔立刻跑到那些癞蛤蟆前面，把照相机对准了它们。她的手指不停地按着快门，可是闪光灯却丝毫没有反应。

“不！没电了！”卡尔洛塔惊慌地喊道。

果核和莴笋则试着阻断那些癞蛤蟆的路，“谁跳过来我就亲谁！”果核站在噶尔外斯顿的背上喊道。

“而我会让依波利达去踢它的屁股！”莴笋挥舞着拳头补充道。

然而弗拉姆巴斯和迪迪知道，他们这么做是远远不够的。

“瓮布罗菲拉！”迪迪突然大喊道。她摸索着身上的旅行包，然后从里面拿出一个小玻璃瓶，说道：“或许这个可以帮到我们。我已经收集完那些桑树叶子了……”

于是她立刻骑上鸟，飞了起来。“飞低点，吉尔波！”她喊道，“我们要不惜一切代价阻止那群癞蛤蟆！”

这只鸟立刻降低了飞行高度，正当第一批癞蛤蟆跳起来时，它飞了过去。

“当心！”迪迪警告道。可是晚了一步，这只鸟一下子撞上了一群癞蛤蟆，然后摔到了马路边上。然而令人感到不可思议的

是，迪迪竟然还坐在鸟背上。只可惜她手里那瓶瓮布罗菲拉，恰好掉在了马路中间，摔碎了。

“哦，不！”迪迪又飞了起来，沮丧地说道。

突然，马路上升起了一阵浓浓的绿雾，就在第一拨癞蛤蟆冲上马路时，一辆汽车正急速行驶过来。

为时已晚。

14. 一万只蝌蚪

当那个司机看到那阵绿色烟雾时，立刻踩下了刹车。

大家都不敢看，只有弗拉姆巴斯还睁着眼，因为他的爸爸告诉过他，在危险来临时，永远不要闭上眼睛。

汽车轮子发出了刺耳的响声，在沥青路面上留下了两道长长的黑色印记。然而，这个司机恰好在那股烟雾前停了下来，没有轧到那些已经跳到马路中间的癞蛤蟆。碰巧的

是，这辆车刚好轧在了那些玻璃瓶碎片上，这些碎片还在冒着烟。接着车的发动机便发出咯咯声，颠簸了起来，最后……灭了！

一种非比寻常的宁静笼罩着大家。在这短短的几分钟里，幸好没有其他的车开过来，那些癞蛤蟆依旧平静地过着马路，福尔西科精灵立刻从震惊变成了吃惊。

“你告诉我，是瓮布罗菲拉的作用吗？”弗拉姆巴斯向迪迪问道，此时他已晕头转向。

“不可能……”迪迪困惑地说道，“我只知道它只对有生命的物体起作用……”

“或许这些机械兔是有生命的。”

莴笋试探着说道，“或许它们能呼吸……”

“怎么可能！”果核跳起来说道，“从排气孔吗？得了吧！”

“不管怎样，瓮布罗菲拉拦下了一辆汽车，如果它可以拦下一辆，那一定可以拦下所有的车！”弗拉姆巴斯干脆地说道，“拜托了，快告诉我你还有那个东西，迪迪……”他恳求道。

“我只剩下一瓶了。”迪迪博士一边拿着给大家看，一边说道。

“这就足够了。”弗拉姆巴斯笑着说道。他拿着瓶子，然后骑上了阿尔坎。

那个司机则忙着尝试启动发动机，并没有意识到一只巨大的鹰从头顶飞过。弗拉姆巴斯向另一边的马路飞去。如果想保证这些

癞蛤蟆安然无恙地到马路那边去，还得堵住这条路。弗拉姆巴斯把手放进口袋里，握着那个三叶草平安符。这是一个福尔西科精灵第一次尝试做这样的事，也是大家第一次发现瓮布罗菲拉有可以使机械兔的发动机瘫痪的功效！

“如果这仅仅是个偶然事件呢？”弗拉姆巴斯心想，此时一阵风从他的耳边吹过，发出嗞嗞声，“如果这一次不管用怎么办？”

他抑制住了这些荒诞的想法，紧紧握着瓮布罗菲拉的瓶子，然后灵活自如地控制着他的鹰，朝公路飞去。在林法多罗四年的骑鸟训练终于派上了用场！

这个年轻的碧翠仙把瓶子扔到了地上，然后立刻飞了起来。瓶子摔碎了，从一摊深色的液体中立刻散发出一股绿色的烟雾，和之前一样，阻塞了这边的马路。幸运的是，这一次拦住的是一辆巨型货车。这辆货车的发动机刚一被这绿色的烟雾笼罩住，便不出所料地熄灭了。

一直屏住呼吸的弗拉姆巴斯，看到这一幕，立刻舒了口气，而其他几个精灵则高兴地叫了起来，一边叫一边把帽子抛向了天空。

“你看到了吗？果核，你这个笨蛋！”

莴笋满意地说道，“我是对的。所有的兔子都会呼吸，机械兔也不例外！”

不一会儿，被拦在马路上的车便排成了两排，它们都无法点燃发动机，就这样，公路上的交通瘫痪了整整一个小时。

时间很充足，在欧拉乔、巴伯姐弟以及所有精灵的拦截和帮助下，这些癞蛤蟆毫发无损地穿过了公路，而且没有被人发现。

实际上有几只不听话的癞蛤蟆，接触到了一点点瓮布罗菲拉，然后便瘫倒在马路上，舌头耷拉在外面。这样做的还有那个闯祸鬼莴笋，以及赶去救她的朋友果核。甚至还有一些自以为是的长腿族也犯了同样的错。例如一个穿着黑色套装，戴着封闭头盔的摩托车手，偏偏要从烟雾中穿过去。他刚一穿过这堵绿色的

烟墙，便吃惊地张着嘴看着眼前发生的一切，为了看仔细，他还拉起了头盔上的面罩。他这样做简直太愚蠢了，他刚一吸气，便晕倒在地上。

第二天早上，当这个可怜的家伙在异日城的医院里醒来时，他试图把看到的告诉别人。当他说到癞蛤蟆时，还有人相信他的话，可是一听到他说骑着鹰和兔子的绿色精灵，医生便决定让他继续留在医院观察几天。

就这样，上万只癞蛤蟆成功抵达了多尔贝夫沼泽里的那片广阔的湿地。第二天下午，市长利洛愤怒地给他的朋友欧拉乔打电话，说道：“你知道这次灭蜍行动我付出了多少代价吗？欧拉乔！”

“不，拉尔夫，我一点也不清楚。”这个植物园守护人强忍着笑，说道。就连卡尔洛塔、提

密斯以及他们的精灵朋友们也兴致勃勃地听起他们的对话来。和往常一样，唯独特罗戈罗不在。

“更别提那艘冷藏船了，我让那艘船又空着返航了！”

“我告诉过你，不要操之过急，我的朋友……”欧拉乔讥讽道。

“还有高速公路，我现在成了众矢之的，好像那一晚的交通堵塞都是我引起的！”

“可你不是告诉过他们是雾引起来的吗？”

“我是这么告诉他们的，可是他们说从来没见过绿色的雾！现在我甚至想对城里所有的工厂进行地毯式排查，看它们是否违规排放。你明白吗？全是麻烦事！”

“可怜的拉尔夫！”欧拉乔冷笑着说道，“如果我是你，我会提出辞职的。”

“别开玩笑了！”市长生气地说道，“总之，你一点也不清楚这件事吗？大部分的癞蛤蟆都在你的公园里，可是今早清洁工去清理道路时，却一只也没有找到，这是怎么回事？”

“我会告诉你发生了什么，可是我坚信你不会相信我的……”

“你说吧……”市长嘟囔道。

“好吧，一些精灵帮了我，一些绿色的精灵。那阵绿色的烟雾也是他们弄的。他们用一种叫‘瓮布罗菲拉’的物质弄出来的。这种物质只要闻一下，便会立刻瘫倒在地，像成熟落地的无花果一样。而且对发动机也会

产生同样的效果。”

“太有趣了，欧拉乔，真的很有趣……”利洛说道。

然后他用力地挂断了电话。

欧拉乔·普莱斯科特上校看着他那些已经笑得直不起腰的朋友们，直白地说道：“他不相信。真奇怪，这可是事实！”

那一晚，植物园里举行了庆祝会，一场盛大的庆祝会。

福尔西科精灵们教那几个长腿族跳一些特别有趣的“春天舞步”，他们就这样一直跳到他们跳不动为止。

接着他们筋疲力尽地倒在地上，一边喝着迪迪泡制的罗望子汁。在大家的再三请求下，弗拉姆巴斯同意用他的扁桃琴弹奏《慢慢冒出的嫩芽》。

“太精彩了！”提密斯激动地说道，“我真应该和你一起演奏，迟早有一天，弗拉姆。扁桃琴和电吉他！太震撼了！”

“我也很期待……”弗拉姆巴斯回答道，听到这么多的称赞，他感到有点害羞，“欧拉乔，你现在为什么不给我们讲个故事呢？”

“对，对，讲故事，欧拉乔·普莱斯科特先生，求你了！”莴笋拍着小手说道。

“好主意！”提密斯拿出刚刚修好的那个方形设备，赞同道，“如果可以，我想放个背景音乐……”

他的“蛙声合唱”在房间里回荡了起来，此时上校用温柔的声音，讲起了癞蛤蟆波尔多和癞蛤蟆派拉的故事，它们结了婚，生活在一座大城市旁边的一片美丽的沼泽地里，然后它们

生了一万只蝌蚪。

“太美好了！”莴笋感动地呜咽道。

就连噶尔外斯顿和依波利达，在听了这个故事后，也深情地望了对方一眼。然而大家都没有注意到，卡尔洛塔已经用她的照相机把这一刻永远定格了。不过这一次，她没有开闪光灯。

正当所有人正要去睡觉时，果核突然问道：“特罗戈罗跑到哪里去了？他没有听到故事……”

“他可能在和格隆卡散步……”莴笋嘀咕着回答道，“或许他们恋爱了……”

“是的，一定是这样……”果核闭上眼睛冷笑道，“你觉得他们会结婚吗？”

福尔西科精灵在春天里会说多少蠢话啊！精灵是不可以娶癞蛤蟆的！不过可以和癞蛤蟆交朋友。

正是这个原因，特罗戈罗更想留在那片湿地，这样他就可以陪伴他的朋友格隆卡了。

至少在癞蛤蟆产的那些卵裂开前，他都可以留在那里。

迷人的喜鹊

来自林法多罗的消息

最新消息

林法多罗即将迎来期盼已久的春天舞会！舞会将在毛莨空地的巨型舞台上举行，届时将实况转播德隆努斯和风铃草演奏的音乐。

瑟罗涅斯族传统音乐

当爱呼唤时

作者：尼克·纳杜莱罗

和往年一样，到了这个季节，我们的朋友，青蛙和癞蛤蟆都纷纷离开了它们位于树根底下以及树林草甸下的洞穴，来到附近的水坑。为什么呢？为了那场无比喧闹的求爱表演！

最新消息

作者：尼克·纳杜莱罗

当爱呼唤时

这个已经延续了无数个春天的习俗（我们的朋友可是一群墨守成规的人），如今却面临着可怕的威胁。而这些威胁正是来自那群长腿族！他们的“黑路”上面，总是有川流不息的机械兔，将癞蛤蟆和它们的目的地阻隔开。这些癞蛤蟆不得不冒险（通常是致命的危险）从上面穿过去。

幸运的是，来自WWF（世界自然基金会）的朋友们，每天晚上，都会带上木桶和他们的“电萤火虫”，为那些癞蛤蟆提供舒适、安全的运送服务。他们帮助我们这些癞蛤蟆朋友平安抵达公路的另一边！

长腿族的一辆“机械兔”

作者：龙莎·派塔丽黛

胃口越吃越大

你们知道有一种癞蛤蟆，它的重量、体型和我们最大的兔子一样吗？你们猜一猜这种癞蛤蟆叫什么名字？当然是“巨型癞蛤蟆”了！实际上长腿族们管它们叫“甘蔗蟾蜍”，这些癞蛤蟆从前被用来清除甘蔗上的害虫，因此而得名。结果是：在地球上的一些地区，是没有这类动物的，可是在这些巨型癞蛤蟆被引入后，它们疯狂繁殖，什么都吃，以至于威胁了当地的生态系统。它们甚至闯入了长腿族居住的城市！如果这些体型巨大的家伙不学着遵守自然法则，那么就会给自己带来灾祸，不是吗？

成年甘蔗蟾蜍

艺术、树脂和树皮

作者：西娅·芳塔尔皮娜

折叠，再折叠……然后就可以跳起来了

你们想做会跳的青蛙吗？为了做这只青蛙，你们需要一片巨大的晒干了的萝卜叶，然后裁成长方形（长腿族们会用15X10厘米的纸或卡纸做……），接着跟着下面的说明操作：

按照图2把纸沿对角线折叠，再打开，然后以同样的方式折叠另一边。

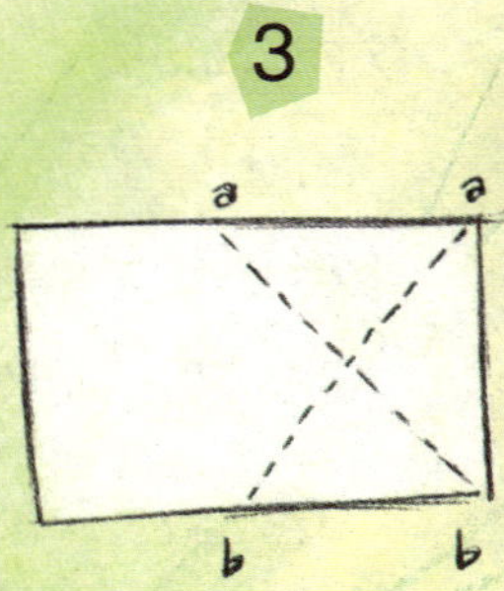

按照图3，折出另一条对角线，然后把纸打开。

艺术、树脂和树皮

作者：西娅·芳塔尔皮娜

4

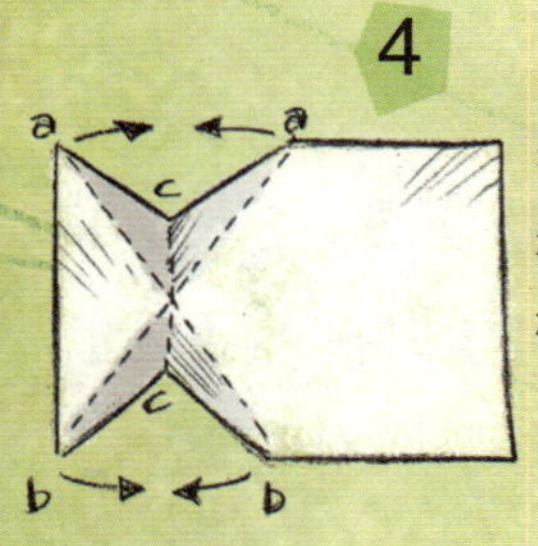

折叠，把纸窝进去，使a和a重叠，b和b重叠。这样便形成折叠区域c。

5

这就是你们按照图4进行折叠后看到的样子。

6

把纸翻过来。然后把a和b沿着三角区域的中间线，向上折叠，使a和b并在一起，如图7所示。

7

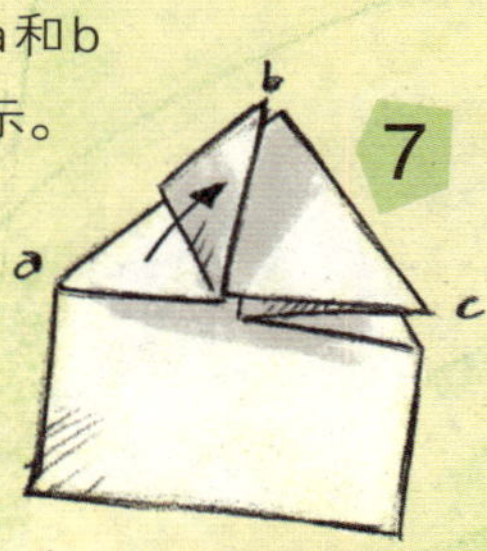

8

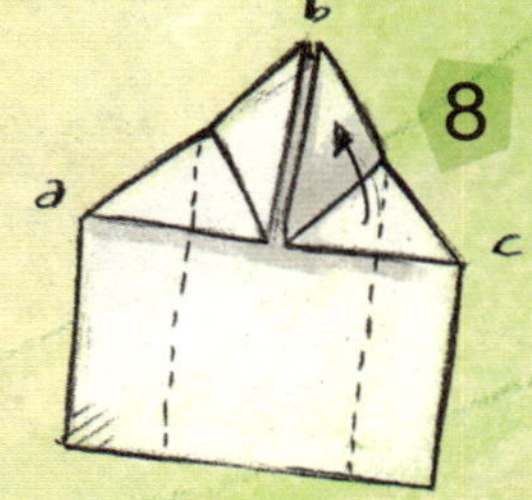

9

沿着图8中画出的虚线折叠，然后会得到图9的样子。

10

把a向前折叠，b向后折叠。

11

给你们的青蛙装饰、涂色。

放在哪儿

我们来看一下，你们是否了解我们的两栖动物朋友们的生活习性：你们能够将下面画出的五个可爱的两栖动物，分别放到正确的位置上（在旁边这一页上）吗？

1 泥螈

2 普通蟾蜍

3 雨蛙

4 火蝾螈

5 水蛙

小福尔西科精灵知识科普角

作者：弗拉图斯·弗莱斯塔

放在哪儿

答案：

1C，2A，3B，4D，5E

罗贝托·帕瓦内罗是谁

有一句俄罗斯谚语大概是这样说的：如果你没有上过高中，没有种过一棵树，没有生过一个小孩子，没有写过一本书，那么，生活是不完整的。

两岁半的罗伯特正坐在餐桌前，正因为这张照片，大家给他起了“西红柿酱拌面”的绰号

我不知道这句话是否正确，除了种树之外，其余的我们都做到了，而关于孩子，我的妻子和我甚至生了三个。

而且也是由于他们的原因，我开始写书。

开始的时候我给他们大声地读其他人的故事，我模仿着人物的声音，那些吵闹声，扮着鬼脸，我也从他们的脸上明白我的这种叙述方式是否有效。对于一个像我一样长期致力于戏剧的人来说这一点儿也不难，难的是找到一些适合大声阅读的故事，因此我开始自己编一些故事，直到我妻子建议我把它们写下来并让其他人阅读，从那以后我的书诞生了。

甚至现在，每当我写作的时候，我都会用耳朵和眼睛……我的意思并不是说我的眼睛或者耳朵里有笔，而是说我想着你们，我亲爱的读者朋友们，我是希望你们听得到我文字的声音，可以看到我所想象的情境。令我遗憾的只是没有和你们在一起并看看它们的效果，看看我是否打动了你们，是否抓住了你们的心。

罗贝托·帕瓦内罗

一次，当他们问罗尔德·达尔他的那些书的思想源泉是什么，他回答说：“很简单，我知道孩子们喜欢什么。”我多么想像他一样回答这个问题啊！

然而现在请原谅我，我得去种树了。

罗贝托·帕瓦内罗

斯蒂法诺·图尔科尼是谁

三岁的斯特法诺

在我小的时候，我所有的朋友都想做机器人的操作员，而我则梦想着做一个农民，因为我喜欢小动物，那时候我最喜欢的卡通形象是海蒂。

可惜的是我很懒！我喜欢赖床，当我发现在一个农场里人们黎明就起床而且工作一整天的时候，我觉得太悲惨了！！！很快我就改变了主意，我喜欢绘画，我认为这项工作唯一费力气的事就是削铅笔，绘画是极具诱惑力的，于是我决定要做一个画家，现在我和妻子生活在一起（连环画剧作家，多巧合），还有维奥拉，我们的小女儿。在闲暇时光我喜欢用木头和白垩土绘画，喜欢去山上散步、去远方旅行，我喜欢臭奶酪、肥香肠、鸡蛋奶酪冰淇淋和里窝那的鱼汤。啊，我实现了早上晚起的梦想！可惜的是每天我都得待在桌子旁绘画，或许，实际上，做机器人的操作员……

斯蒂法诺·图尔科尼

斯特法诺·图尔科尼